W0417007

NE RIEZ PAS
DE MON HISTOIRE D'AMOUR

NAO-COLA YAMAZAKI

NE RIEZ PAS DE MON HISTOIRE D'AMOUR

roman

TRADUIT DU JAPONAIS PAR
RYÔJI NAKAMURA ET RENÉ DE CECCATTY

ÉDITIONS DU SEUIL
25, bd Romain-Rolland, Paris XIVe

Titre original : *Hito no sekkusu o warauna*

Éditeur original : Kawade Shobô
ISBN original 978-4-309-40814-9
© Nao-Cola Yamazaki, 2006

Les droits de traduction en français
ont été négociés avec Kawade Shobô Shinsha
par le Bureau des copyrights français à Tôkyô

ISBN 978-2-02-100471-7

© Éditions du Seuil, mai 2010, pour la traduction française

Le Code de la propriété intellectuelle interdit les copies ou reproductions destinées à une utilisation collective. Toute représentation ou reproduction intégrale ou partielle faite par quelque procédé que ce soit, sans le consentement de l'auteur ou de ses ayants cause, est illicite et constitue une contrefaçon sanctionnée par les articles L. 335-2 et suivants du Code de la propriété intellectuelle.

www.editionsduseuil.fr

Une nuée de petits oiseaux s'est envolée dans un ciel si bas qu'on aperçoit du sol leurs pattes ballantes. Je trouvais étrange que quelque chose de tiède flotte dans les airs.

Dans le bleu pâle du ciel, les oiseaux dessinaient un motif noir en voltigeant. Ils virent de bord à mi-chemin et fondent sur l'arrêt de bus où je me trouve, descendant jusqu'à la dernière limite. Nouvelle virevolte. Que faites-vous dans ce froid ?

J'ai relevé mon écharpe pour en envelopper entièrement mon cou. Mes lèvres sèches au point de se gercer râpaient le tissu rouge, tout aussi sec. La peau de mes lèvres que j'avais la manie de tripoter avec les ongles s'accrochait aux poils hérissés de la laine. C'était un peu dégoûtant mais en même temps plutôt agréable. J'ai secoué la tête à plusieurs reprises de droite à gauche pour frotter ma bouche à mon cache-nez.

C'est Yuri qui m'a fait cadeau de cette écharpe au contact rêche pour mon anniversaire. Elle ne l'avait pas tricotée elle-même, mais il n'empêche que j'ai été heureux lorsqu'elle me l'a offerte en décembre, il y a deux ans.

Il y a huit mois que je ne l'ai pas revue. Cette année aussi, mon anniversaire, que je partage avec Jésus, approche. L'an dernier, elle m'avait dit : « Cette fois-ci, je t'en tricoterai une moi-même. » Mais elle ne l'a pas fait. Pour contrevenir à l'absence de perspectives de cette année, elle pourrait surgir avec une nouvelle écharpe.

Bien que mes lèvres, mon cache-nez, le bout de mes doigts soient secs, je peux encore sentir la sécheresse de l'air, ce qui implique, au fond, que je suis un être vivant humide. Il y a une grande quantité d'eau dans mon ventre. J'ai une forte moiteur et une chaleur au cœur. J'attends mon bus en me disant cette bêtise : « Quelle merveille, l'humanité ! »

Yuri avait de jolis cils. Même le coin de ses yeux était entouré de rides charmantes. Il faut préciser qu'elle avait vingt ans de plus que moi et son visage devait bien en porter les marques. Mais quand elle riait, ses rides étaient vraiment adorables. Quand je l'effleurais, j'avais l'impression que le plaisir passait par le bout de mes doigts.

Elle était chargée de cours dans l'institut des beaux-arts où j'étudiais. Je voulais apprendre la peinture à l'huile et, après le lycée, j'ai suivi une préparation d'entrée à l'université, mais j'ai fini par m'inscrire dans cette école d'un cursus de trois années. J'avais dix-neuf ans quand j'ai rencontré Yuri. Elle devait assurer les cours de Dessin II. Elle avait alors trente-neuf ans. Disons qu'elle faisait son âge. Elle avait de longs cheveux très noirs qu'elle bouclait, mais laissait relâchés et ébouriffés. Quant à son maquillage, elle se contentait d'un peu de rouge à lèvres. Elle portait une blouse de peintre sale, sans jamais se départir de son sourire.

Elle arrivait toujours en retard au cours. Elle ne semblait pas très motivée. Pourtant, ses leçons où les plaisanteries fusaient rencontraient du succès. Elle s'appelait en réalité Sayuri Inokuma. Mais, filles et garçons, nous l'appelions tous Yuri.

Elle nous complimentait pour la plupart de nos dessins et se montrait rarement sévère. Elle n'était pas prodigue en conseils précis. Je ne sais pas si c'était un bon professeur, mais telle était Yuri.

Mon ami Dômoto m'avait avoué qu'il était fan de Yuri. Il bavardait souvent avec elle après les cours. Un jour, je l'ai accompagné. Ils parlaient de la pluie et du beau temps.

« Je suis inquiet pour mon avenir, annonça Dômoto avec ingénuité.

– Tout s'arrangera, répondit froidement Yuri.

– Vous ne pourriez pas faire quelque chose ? insista-t-il comme un enfant.

– Tu comptes te marier ? demanda-t-elle avec un sourire détaché.

– Avec vous ? »

Comme Dômoto affichait un sourire bêta, ça m'a tapé sur les nerfs.

« Ce n'est pas sur un mariage qu'un homme construit son avenir ! dis-je en le fixant légèrement.

– Pour une femme, c'est la même chose ! Une fois qu'on a dit ça, on ne sait pas ce qui est le mieux pour sa carrière. »

Elle avait pris, si je l'avais bien observée, un ton de grande sœur.

À la fin de l'automne, on s'est réunis pour boire ensemble.

C'est Dômoto qui était à l'origine de cette réunion et quelques étudiants y participèrent ainsi que Yuri.

Yuri n'était pas du genre à priser ces soirées arrosées et j'admirais Dômoto de l'avoir convaincue, tout en espérant qu'elle ne s'y ennuierait pas. Plongé dans ces réflexions, je me suis assis assez loin d'elle.

Elle buvait tranquillement de la bière, tout en se mêlant nonchalamment à la conversation des jeunes étudiants. Elle portait un pull fin en laine blanche qui peluchait et laissait apparaître la forme de son soutien-gorge. Elle mangeait maladroitement en émiettant la nourriture. Plus elle buvait, plus ses joues rougissaient, ce qui la vieillissait d'autant. Mais sa voix se faisait de plus en plus douce et, en fermant les yeux, j'avais l'impression d'entendre une collégienne.

Au restaurant, nous ne nous adressions pas un mot, elle et moi.

Quand nous nous sommes dispersés, je me suis aperçu qu'elle se trouvait derrière moi.

« Vous prenez le train ? »

Ce fut la première fois qu'elle m'adressa la parole directement.

« Oui », dis-je en hochant la tête.

Comme ceux qui empruntaient le train étaient plus nombreux que ceux qui empruntaient le métro, il était étrange qu'elle me pose cette question, qui impliquait donc qu'elle me proposait de faire le trajet avec elle. Or elle ajouta :

« Moi, je prends le métro. »

Et j'en éprouvai une profonde déception.

« Vous voulez que je demande à quelqu'un qui prend le métro de vous accompagner ? demandai-je.

– C'est inutile... », dit-elle en triturant les frisures de sa permanente.

Et elle expliqua :

« J'ai besoin de faire un petit tour autour de la gare. »

Des points d'interrogation envahirent mon cerveau, mais comme elle fit volte-face et s'éloigna, je la suivis.

En me retournant, je constatai que tout le monde partait chacun de son côté sans que personne ne nous regarde. Je ne sais pas pourquoi, je me suis senti heureux.

J'ai levé les yeux et j'ai vu une immense publicité

pour une console de jeux vidéo. Dans les hauteurs du ciel, une lune couleur crème rayonnait.

Yuri fit littéralement le tour complet de la gare de Shibuya. Elle empruntait tantôt des passerelles, tantôt des passages protégés.

« Ce n'est pas que je sois complètement ivre, mais j'ai besoin de prendre un peu l'air avant de monter dans le train, expliquait-elle en riant, le nez tout froncé de rides.

– C'est sûr. Moi aussi, quand je suis pas net, je n'ai pas envie de prendre le train tout de suite. L'air est doux, là, non ? Il est frais et agréable. C'est bientôt la fin de l'automne.

– Oui.

– Vous aimez l'automne ? Moi, c'est l'été que j'aime, alors l'automne, pour moi, c'est l'image de la fin. Les choses heureuses se terminent et il y a de la mélancolie. Mais je me dis que ce n'est pas mal d'avoir la gorge serrée.

– Oui. Moi aussi, j'aime bien l'été.

– Vous étiez contente de cette soirée ? Je suis désolé que vous ayez dû dépenser tout cet argent. Je vous remercie. Dômoto est ravi "d'avoir réussi à inviter Mlle Yuri". Après ça, vous aurez peut-être encore plus d'étudiants. Vous êtes très populaire, vous savez. Même si vous ne semblez pas passionnée par vos cours.

– Ah bon ? Mais à ma façon, je me passionne.

– En tout cas, nous on est contents. On dessine en toute liberté et on reçoit des compliments. Et quand on ne comprend pas quelque chose, il suffit qu'on s'adresse aux autres professeurs.

– Oui, ne vous gênez pas.

– Vous marchez très vite !

– Tu sais…

– Oui ?

– Moi, je t'aime bien. Tu le savais ?

– Eh bien… peut-être, oui.

– Je t'ai souvent regardé en classe. Je me disais que tu avais un beau visage. J'aime bien la ligne de tes épaules et la forme de tes coudes. Et les nœuds de tes doigts.

– Ah bon ? Les nœuds ?

– Tu dégages une drôle d'atmosphère.

– Ah bon ?

– Mirumé Isogai, c'est un beau nom.

– On me le dit souvent.

– Ça m'intéresse, ce que tu penses.

– Je vous remercie.

– J'aimerais bien qu'on se reparle.

– D'accord. »

Je n'étais pas jeune au point de me monter la tête parce qu'on m'avait dit qu'on m'aimait bien. Si je me mettais à croire ces paroles, je me disais que je risquais gros. Je me suis contenté d'expressions polies, comme « D'accord » ou « On se reverra ».

Je l'ai accompagnée jusqu'au portillon du métro. Une fois qu'elle l'eut franchi, elle me fit un petit salut de la main.

Alors j'ai soupiré.

Elle me faisait un peu de peine. Ne se sentait-elle pas seule ? C'est ce qui me semblait, en tout cas. Pourtant elle était mariée.

Le ciel avait une parfaite limpidité.

J'avais l'impression qu'il allait m'aspirer.

J'étais happé comme par la vision de tétons dans un soutien-gorge.

Je regardais le ciel blanc par la vitre du train de la ligne Denentoshi.

Je me rendais à Futakotamagawa afin de poser pour Yuri qui voulait faire des portraits.

En plus de ses cours, elle peignait à l'huile et, pour cela, elle louait dans ce quartier un appartement qu'elle appelait son atelier et s'y enfermait ses jours de congé pour y travailler.

Comme si elle avait oublié que nous avions fait ensemble le tour de la gare, elle avait retrouvé avec moi son rapport ordinaire dès le lendemain. Mais deux semaines plus tard, elle m'avait arrêté dans le couloir pour me dire :

« Tiens, Isogai… Je voudrais te demander quelque chose. Accepterais-tu de poser pour moi ?

– Nu ? avais-je demandé en riant.

– Tu pourras rester habillé, avait-elle répondu en riant à son tour.

– Alors, ça marche », avais-je répondu.

Elle avait réfléchi un moment et puis proposé :

« Dimanche prochain ? »

J'avais acquiescé.

C'est ainsi qu'avait été décidé que je me rendrais le dimanche suivant à son atelier de Futakotamagawa.

Quand la porte du wagon s'ouvrit, je sentis le froid sur mes lèvres. À partir du quai, j'apercevais le fleuve

Tama dans toute son étendue. Tout au bout, s'appesantissait l'hiver si lourd, si blanc.

Yuri était venue m'attendre sur son vélo rouge.

Elle portait un manteau beige, et moi un duffle-coat bleu foncé. Elle y jeta un coup d'œil.

« C'est un joli manteau. Ça fait très lycéen !

– Y a plus original comme remarque ! », ai-je répondu.

Elle détourna aussitôt le regard et, m'indiquant le porte-bagages du vélo, elle m'engagea à m'y asseoir. Je m'y suis mis à califourchon.

« Vous arriverez à pédaler ?

– Bien sûr. »

Elle se mit en effet en route, chargée de mon poids.

Non sans embarras, je me suis retenu à ses épaules rondes.

« Vous voulez que je vous remplace ?

– Ce n'est pas si loin », répondit-elle, haletante, sans cesser de pédaler.

Je ris.

J'étais mince, mais je mesurais tout de même un mètre soixante-seize et elle un mètre soixante à peine : comment arrivait-elle à transporter mon chargement ?

Mais elle avait une excellente ossature, elle était bien en chair et peut-être que nous avions le même poids.

« Pourquoi ris-tu ?

– Parce que vous avez de l'énergie ! »

Elle pouffa.

« Ce vélo est mignon.

– Je te remercie. On est bientôt arrivés. »

En dix minutes à peine, on était devant une petite résidence.

« C'est au premier. Au premier. On monte par là.

– D'accord. »

Je l'ai suivie pendant qu'elle agitait bruyamment les clés et on s'est retrouvés devant la porte n° 203.

« Tu dois te déchausser.

– Je le sais.

– Je suis un peu embêtée.

– Pourquoi ?

– Je t'ai fait venir loin. Mais je tâcherai de faire un beau tableau !

– Oui. C'est un honneur pour moi. »

C'était un appartement sobre. Le matériel de peinture et des toiles en cours était accumulé en désordre. C'était un trois-pièces. Il y avait, apparemment, une chambre à coucher.

Dans la pièce où étaient posés les instruments de peinture, se trouvaient également un vaisselier et une radiocassette à Minidisques. Apparemment, elle dormait aussi ici.

« Tu peux t'asseoir là et te mettre bien à l'aise ? me proposa-t-elle, en tapotant le dossier d'une chaise.

– D'accord.

– Passe-moi ton manteau, je vais l'accrocher.

– Merci. Je peux rester en pull ?

– Bien sûr. Pour commencer, je voudrais faire des croquis pendant une petite heure, ça te va ?

– Très bien. »

Elle prit son carnet de croquis et s'assit en tailleur par terre.

À force de rester immobile, je commençai à perdre patience. Yuri faisait courir son crayon sur son carnet sans un mot.

« J'ai un peu faim… dis-je.

– Ah bon ? », fit-elle simplement, ce qui m'incita à me taire.

C'était donc bel et bien pour une séance de pose. J'attendais sans doute autre chose. J'étais assez déçu.

« Ma tête me démange !

– Ça te démange vraiment ?

– Oui, tout le temps. »

Je me mis à me gratter le crâne.

Elle soupira.

Je cessai de me gratter et restai immobile. Elle se remit à dessiner.

Une heure et demie s'écoula.

« Pour aujourd'hui, on arrête là. Merci. Si tu pouvais revenir, ça me ferait plaisir, me dit-elle en me regardant dans les yeux.

– D'accord, répondis-je.

– Très bien. J'ai un cadeau pour toi. »

C'était apparemment mon salaire de modèle. Elle mit dans un sachet de plastique des radis marinés.

« Vous les avez préparés vous-même ?

– Non, pas tout à fait… mais comme j'en avais dans la cuisine.

– Ah… »

Je les ai pris et nous sommes sortis de la pièce.

Au retour, c'est moi qui ai pédalé jusqu'à la gare. Assise sur le porte-bagages, elle m'entourait la taille pour s'agripper fermement. On s'est salués en agitant la main.

Je suis retourné à Shibuya en métro et j'y ai pris le train. J'habite à Kita-Urawa.

Là, je prends le bus. Il me faut encore marcher dix minutes à partir de l'arrêt. On est presque à la campagne.

Pendant mon trajet à pied, je regarde en l'air.

Le ciel à travers les branches. Est-ce qu'il est réel ?

L'infini du ciel et le ciel délimité par les branches, ce n'est pas vraiment la même chose.

Quand il est délimité, le paysage semble découpé.

Quand je pense à ça et que je le rapporte à moi, je ne sais pas jusqu'où je reste moi-même.

Est-ce que mon identité s'étend jusqu'à la frontière entre l'air et la peau ? Et mes cheveux, qu'en est-il ? Et mes ongles ?

Que signifie un corps qui s'affaiblit ?

Suis-je moi-même parce que je suis défini temporellement, spatialement ?

Plongé dans ces réflexions, je me rappelais les yeux de Yuri quand elle me regardait.

Je poussai malgré moi un soupir.

Autrefois, je voulais devenir beau et musclé, alors que maintenant je me néglige volontairement.

Je laisse en broussaille mes sourcils que j'avais

l'habitude de soigner et il m'arrive d'aller à l'école en gardant le tee-shirt que je portais en dormant.

En classe, Yuri conservait son attitude inaltérable de professeur.

Je me disais que mieux valait ne pas clamer sur les toits que j'avais posé, mais je n'ai pu m'empêcher de confier le secret à Dômoto.

« Je suis jaloux ! »

Il avait pris un ton innocent qui me déconcerta car j'étais plus sinueux.

« Yuri est vraiment un bon professeur », dis-je, en affichant une innocence semblable à la sienne.

« Oui, en effet », acquiesça-t-il en souriant.

Comme toujours le cours se déroulait ce jour-là avec une certaine nonchalance. Même si des élèves bavardaient sans dessiner, elle ne leur faisait aucune remarque et se contentait de bâiller. Je l'observais avec satisfaction, mais elle ne me regardait pas.

Si on se croisait dans un couloir, on se contentait de se saluer discrètement.

Je devais garder longtemps en mémoire la façon dont elle baissait imperceptiblement la tête et dont elle plissait les yeux.

Les gens interprètent arbitrairement les sentiments des autres, à partir d'un geste à peine esquissé. Rien ne m'énerve autant que de savoir qu'un autre me suppose un sentiment. Or, c'était, je m'en apercevais, ce que je faisais avec Yuri.

Si j'imagine Yuri en colère, j'en veux pour preuve qu'elle ait détourné le regard. En revanche, quand je pense qu'elle veut se rapprocher de moi, j'attribue le même geste à de la pudeur.

Je pense que la meilleure chose pour ceux qui sont proches est de recourir aux mots pour exprimer leurs sentiments. Si je me sentais intime de Yuri, je pourrais le dire avec des mots.

C'est cela. Tout m'énervait.

Depuis qu'elle m'avait dit, à la fin de la soirée où nous avions bu tous ensemble, qu'elle m'aimait bien, elle ne l'avait plus répété. Le jour où j'avais posé, elle n'avait rien fait pour qu'une telle impression se renouvelle. Elle m'avait proposé de revenir poser, mais depuis lors, rien ne se précisait. Peut-être, en me disant qu'elle m'aimait bien, voulait-elle simplement laisser entendre que je lui plaisais. Rien de plus qu'un badinage d'adultes, me dis-je, dépité.

La deuxième fois qu'elle m'a demandé de poser pour elle, c'était trois semaines plus tard.

À partir de là, je me suis rendu chez elle toutes les deux semaines, pour qu'elle me peigne. Je me détendis peu à peu. Ainsi le portrait d'un jeune homme au visage instable fut achevé et, formulant le désir de commencer un deuxième tableau, elle se remit à dessiner.

Le travail de modèle me plaisait.

Je dis « travail », mais elle ne me payait pas : elle m'offrait seulement du thé et des gâteaux.

Et pour le deuxième portrait, je devais me déshabiller. Elle avait pourtant dit que ce ne serait pas un nu.

« Déshabille-toi », dit-elle.

J'enlevai mon tee-shirt et mon jean.

Je me suis installé, décontracté, sur le canapé, en caleçon. Elle s'est assise en tailleur par terre et, crayon en main, elle a griffonné ma silhouette dans son carnet.

« En caleçon », ai-je écrit, mais à vrai dire, j'avais également gardé mes chaussettes.

Elle semblait aimer les chaussettes. Dans son carnet d'esquisses, elle les noircissait soigneusement.

Justement, son premier cadeau a été une paire de chaussettes.

Après le cours, nous nous sommes assis l'un en face de l'autre dans un fast-food, le visage endormi, pour manger des hamburgers. Elle avait peur de se brûler la langue, car elle n'osait pas toucher tout de suite aux oignons tout juste frits. Elle tenta de s'y habituer en effleurant du bout des lèvres les rondelles encore chaudes, puis elle y mordit à belles dents.

« C'est pour te remercier de t'être mis nu hier », dit-elle en me tendant non sans gêne les chaussettes noires dans un sac de supermarché.

C'était une paire banale que n'importe quel papy aurait pu porter. Elle m'avait dit que je m'étais mis nu la veille, et, en effet, elle m'avait demandé d'enlever mes chaussettes. Mais je les avais remises avant de repartir : il n'y avait donc aucune raison qu'elle m'en rachète une paire. Mais j'avais l'impression qu'elle voulait me faire un aveu par ce cadeau. Elle entendait me signifier que ce qui s'était produit la veille avait bel et bien existé. J'ai donc accepté avec le plus grand sérieux le sac du supermarché.

C'était, je crois, le lendemain de la première fois où nous avons fait l'amour.

Car avant cette première fois, je n'enlevais jamais mes chaussettes pour poser.

La veille du jour où elle m'a offert les chaussettes, je me trouvais dans son atelier à Futakotamagawa.

Dans la pièce bien chauffée, elle avait dessiné jusqu'au soir.

Elle avait fait claquer le carnet de croquis, en le refermant, et se taisait.

Je comprenais clairement qu'elle m'invitait à faire l'amour, mais sans esquisser le moindre geste. J'ai légèrement tiré le col relevé de sa chemise blanche. Elle tourna les yeux vers moi. J'ai effleuré ses lèvres en ayant le sentiment de lui confier un problème personnel. Puis j'ai déboutonné laborieusement son chemisier. Les œillets de la boutonnière étaient trop étroits pour les boutons, que j'avais du mal à libérer. Mon sang me montait à la tête qui me paraissait sur le point d'exploser.

Elle eut un petit sourire.

« Qu'y a-t-il ? ai-je demandé.

– Je suis très gênée », dit-elle.

Je l'ai embrassée furtivement.

Elle déboucla ma ceinture qui fit entendre un bruit

métallique. Elle sortit mon sexe qu'elle tripota. Elle y fit courir sa langue. J'avais l'impression d'être en contact avec la chose la plus douce qui soit.

« Comment te sens-tu ? me demanda-t-elle en me dévisageant.

– En coton, répondis-je.

– Bonne réponse, fit-elle en riant.

– Je me sens idiot, dis-je en baissant la tête.

– Ah bon ? »

Puis elle me prit par le bras et m'entraîna dans la chambre où se trouvait le lit. Nous nous sommes assis sur le lit et comme je pressais un peu sur son épaule, elle tomba à la renverse de façon burlesque, comme si elle avait reçu un coup. Je me suis plaqué sur elle et je me suis agité.

Après, on a plaisanté et on s'est endormis d'une masse. Je me suis réveillé à plusieurs reprises. Elle m'a donné un petit pain fourré à la crème qu'on s'est partagé. On s'est rendormis.

Quand nous dormions ensemble, ça m'amusait de la voir, près de moi, entrouvrir les lèvres. Je la regardais attentivement. Ce n'était pas comme quand elle parlait.

D'habitude, elle ne semblait pas très sûre d'elle malgré son âge. Mais dans son sommeil, elle avait tout d'une femme mûre et pleine d'assurance. Je me suis rendu compte qu'elle était du genre à pouvoir survivre avec ténacité.

Je glissai délicatement un doigt entre ses lèvres et dès que le bout fut humecté, je le ressortis.

Je ne sais pas pourquoi j'ai ri.

J'avais envie de rentrer chez moi pour me changer et aller en classe. J'ai donc quitté l'atelier à l'heure où les trains reprenaient leur trafic.

J'avais manifesté clairement mon manque de technique, et pourtant je me sentais sûr de moi et j'avais l'impression de devoir être aimé pour toujours.

Comme moi, elle avait étudié dans le département de peinture à l'huile de cette école, puis, une fois diplômée, elle avait travaillé comme dessinatrice dans une entreprise de matériel de bureau, avant de revenir enseigner ici.

Elle avait continué à peindre à l'huile pour elle-même et, une fois par mois, elle organisait des expositions avec des amis, mais ce n'est pas ça qui l'aurait fait vivre, même si elle vendait un peu ses tableaux.

Ses tableaux étaient trop personnels.

Elle projetait directement sur la toile les infimes événements qui lui passaient par la tête.

On comprenait qu'elle y mettait toute sa force, mais je n'étais pas certain de savoir apprécier son art. J'aimais bien regarder ses tableaux, cependant je n'aurais pas pu dire s'ils étaient beaux ni expliquer ce qu'ils représentaient.

Nous ne parlions jamais peinture. Elle ne commentait pas les tableaux que je faisais en classe, ni moi les portraits pour lesquels je posais. Probablement, aucun de nous ne trouvait vraiment terribles les œuvres de l'autre.

En tout cas, j'étais sous le charme de sa voix, de ses gestes. Et nous nous embrassions à l'école aussi. On chahutait et plaisantait ensemble, on se fichait bien de la peinture et de l'avenir.

Dans la chambre, quand on se collait l'un contre l'autre, on se sentait incroyablement bien. Elle était forte dans le langage de l'amour. Quand nous étions seuls, elle me montrait d'elle des visages que j'ignorais en classe. Elle me tirait l'oreille, elle me caressait les sourcils, elle m'enlaçait en me disant : « On s'aimera toujours. »

En décembre, pour mon anniversaire, elle me fit cadeau de l'écharpe.

Quand nous parlions ensemble, elle laissait apparaître, de temps à autre, certains aspects de la faiblesse maladive de sa personnalité.

Par exemple, à trente-neuf ans, elle manquait terriblement de confiance en elle.

« Si je me laisse aller, je deviendrai aussitôt une SDF. Je déteste travailler », répétait-elle.

Je lui ai demandé :

« Ton mari est là, quand même.

– Il se détachera de moi, au premier problème », dit-elle en secouant la tête.

Selon toute apparence, elle ne cessait de se disputer avec son mari. Ça faisait quatorze ans qu'elle était mariée et, pendant tout ce temps, ils étaient à couteaux tirés. Elle disait que c'était d'autant plus pénible qu'ils n'en venaient jamais à une bataille décisive. Aucun des deux n'avait la moindre idée de ce que l'autre pensait, mais ils partageaient le même état d'esprit.

Ce couple-là ne jouait pas franc-jeu, en affichant une parfaite indifférence comme c'est le cas en général, mais ils avaient de parfaits points d'entente, ce qui les brouillait davantage.

Ce n'est pas que je n'aie pas éprouvé de jalousie, mais j'étais capable de considérer les choses avec un peu de distance : après tout, je n'avais jamais rencontré son mari et il avait cinquante-deux ans ! Je pouvais écouter calmement ce qui le concernait. Soit que ma jeunesse me donne de l'assurance, soit que Yuri prenne soin de ne pas m'inquiéter, toujours est-il que j'éprouvais une sérénité inattendue.

Les relations humaines se jouent toujours en tête à tête. Elle était en tête-à-tête avec son mari et moi avec elle. Peu importait son rapport avec son mari, le mien avec elle était merveilleux. N'était-ce pas suffisant ? pouvais-je me permettre de penser alors.

« Tu veux dire que l'époque de la passion est terminée, mais qu'il reste entre vous une forme de camaraderie ? »

Je lui ai posé sans hésitation cette question, sur un ton naturel.

« Je t'adore, mais Inokuma est important pour moi. »

Elle appelait son mari par son nom de famille. Puis elle continua :

« Camaraderie ? Oh, je ne sais pas. Je me sens vraiment reconnaissante pour tout ce qu'il a fait jusqu'ici. S'il a des difficultés dans sa vie, je courrai à son secours. Même si un jour on divorce, il restera important pour moi. C'est quelqu'un que je suis très contente d'avoir rencontré. Bien sûr, que je t'aie rencontré, c'est un cadeau dans ma vie. Ce ne sont que des rencontres dont je peux me dire heureuse. »

Elle semblait penser qu'elle pouvait raconter tout cela sans troubler mon cœur et n'avait donc pas la moindre retenue.

En effet, pendant qu'elle s'exprimait en toute liberté, j'étais capable d'acquiescer tranquillement, sans la moindre mauvaise pensée à son égard.

Ne me représentant pas mon avenir professionnel, j'avais encore moins de raisons de penser à mon mariage. Je pouvais imaginer que je vivrais avec elle, mais c'était sans lien avec le mariage.

Yuri ne se mettait pas de Nivea.

Ni ses coudes ni ses talons ne pouvaient cacher son âge. Les lunules de ses ongles, aux mains et aux pieds, étaient rêches.

Elle avait le coin des yeux desséché.

Pour tout maquillage, elle se contentait de mascara et de rouge aux lèvres.

Cela ne veut pas dire qu'elle ait renoncé à toute féminité, car elle ne supportait pas d'être touchée aux coudes et aux talons.

C'est par paresse qu'elle ne se mettait pas de crème, mais en réalité cela la préoccupait.

On se retrouvait dans son atelier. Nous avions de plus en plus l'occasion de rester ensemble jusqu'au soir. Comme elle n'était ni bonne cuisinière ni bonne ménagère, je me chargeais souvent de ces tâches.

Je ne connaissais que des recettes simples, mais j'avais l'habitude chez moi de faire sur-le-champ les plats que je voulais manger : je pouvais lui faire des nouilles sautées ou du riz au poulet et aux œufs brouillés. Elle était folle de joie.

« C'est délicieux ! » disait-elle en souriant.

Le soir, quand on était au lit, elle s'amusait à me piquer en formant une tête de renard avec ses doigts joints. Je saisissais sa main.

Quand j'envoyais un message à Yuri sur son portable, elle ne répondait que le lendemain, et elle ne prenait que rarement mes appels. Même si elle retrouvait sur son appareil les traces de mes tentatives, elle ne me rappelait pas. Comme je lui en demandais la raison, elle me dit que c'était normal. Elle oubliait souvent son portable chez elle et elle attendait jusqu'à une semaine avant de répondre, quand il s'agissait de quelqu'un qu'elle jugeait sans importance : elle estimait que répondre dès le lendemain, c'était réagir trop rapidement.

J'étais vraiment surpris, parce que, comme tous mes amis, j'ai toujours sur moi mon portable et je réponds immédiatement aux messages.

Notre intimité s'est confirmée, avec l'arrivée du printemps suivant et durant tout l'été.

Apparemment, le mari s'était engagé à ne jamais passer à l'atelier, si bien que je n'avais sur lui aucune information. Elle m'avait dit qu'il était salarié dans un journal et chargé de la rubrique télévision, mais rien de plus. L'appartement qu'elle partageait avec son mari se trouvait à Tama Plaza. Elle passait la moitié de la semaine à l'atelier et le reste chez elle. Je dormais une ou deux nuits avec elle par semaine. Elle m'accueillait toujours de bonne humeur et nous nous disputions rarement.

Mais comme elle ne savait absolument rien faire, ça me mettait parfois hors de moi.

Elle réfléchissait beaucoup à sa propre existence, mais ses raisonnements me semblaient sans aucune valeur.

Se demander ce dont on est capable ou incapable, fier ou honteux, quelle importance cela peut-il avoir ? Le monde est vaste et fourmille de problèmes. Certains doivent affronter des situations extrêmement pénibles pour s'en sortir.

Seule l'oisiveté dans un pays riche permet de réfléchir sur « ce qu'on est ». Il y a bien des sujets de réflexion. Les autres, les êtres en difficulté, la beauté du monde, sa distorsion. Je ne dis pas que je suis capable d'y réfléchir, mais ses propos me semblaient trop centrés sur elle-même. Dès que j'entendais « Moi, je », ça me tapait sur les nerfs. Je me demandais bien comment on pouvait passer tout son temps à s'interroger sur ce qu'il y a en soi et ce qu'on a envie de faire.

Je crois que Yuri appartient à une génération qui a connu dans sa jeunesse des conditions plus stables que nous. Ils étaient plus gâtés et plus faibles.

Quand je pense à la vie, je pense moins à l'essence

individuelle ou au succès personnel : ce qui prédomine, c'est le sentiment de survie.

En situation d'urgence, je suis franchement certain de pouvoir survivre avec vigueur. Mais Yuri aurait été totalement désemparée. Moi, je serais plus solide. Je pourrais la protéger alors.

Mais c'est précisément cette confiance en moi qui créait une frustration.

Car justement nous ne connaissions pas cet état d'urgence. Je ne suis qu'un blanc-bec. J'étais maigrichon et il m'était impossible de passer pour un homme fait. Yuri, elle, était professeur. Elle avait une assise, de l'expérience. Les autres ne voyaient probablement en elle qu'une enseignante mariée qui jouait au feu avec son élève.

Je ne m'étais confié qu'à Dômoto sur mes rapports avec Yuri.

« Comment se passent ses cours particuliers ? me demanda-t-il. Elle te parle de peinture ? Tu en as, de la chance ! »

C'était déconcertant.

Car nous n'avions jamais parlé de peinture, elle et moi. À vrai dire ni sur la peinture ni sur rien, elle ne jouait les professeurs.

J'avais beau la fréquenter, je ne faisais de progrès ni en peinture ni en sexe.

Elle ne disait que des choses agréables à entendre, mais n'a rien fait pour moi. Nous passions tout notre temps à plaisanter. Parfois elle adoptait un ton plus grave, probablement pour me retenir, mais je ne la prenais pas au sérieux. Elle dit une fois :

« On va vivre ensemble, je vais t'entretenir et tu te consacreras à la peinture. »

Mais il était évident que ce ne serait pas suivi d'effet. Bien entendu, je n'avais pas l'intention de devenir son gigolo. Au lieu de vouloir me faire plaisir en m'annonçant des gestes dont elle était incapable, elle aurait mieux fait de me réserver de petites attentions, si infimes soient-elles.

Bien que je sois plus jeune qu'elle, je la traitais comme une fille de mon âge, avec les mêmes prévenances que j'aurais eues dans ce cas. C'était assez rare, mais il m'arrivait tout de même de l'inviter à prendre un repas ou le thé avec l'argent que je gagnais par mes petits boulots. Je me montrais serviable en lui portant ses bagages, en allant la chercher quand elle devait se déplacer la nuit. Quand elle était grippée, je l'entourais de mes soins.

Mais elle, elle ne se souciait absolument pas de moi.

Et quand elle se sentait seule, elle m'appelait. En revanche, si moi j'en faisais autant, elle ne décrochait pas. Elle m'envoyait des mails, mais ne répondait pas aux miens. Quand elle se décidait enfin, c'était après un siècle.

Dans nos conversations mêmes, elle éludait mes questions.

Elle n'en faisait qu'à sa tête.

Elle n'en était pas consciente elle-même. Elle se croyait gentille.

Je ne crois pas les filles. Au lycée, j'ai fréquenté une fille pendant un an, mais elle avait un petit ami au même moment et finalement elle m'a plaqué. Bien sûr, ce n'est pas ce genre d'aventure qui donne une idée de l'amour, mais je pouvais aisément imaginer que je serais blessé si je n'y prenais pas garde.

Les filles ne seront jamais votre soutien. Elles changent d'humeur sans cesse. Elles disent des choses qu'elles ne pensent pas. Et après ça, elles veulent être « comprises ».

Malgré tout cela, si je tombe amoureux d'une fille, je

resterai avec elle peut-être, mais je ne la croirai jamais. Je ne me mettrai pas à nu.

Sans cesser mes prévenances à son égard, je resterai fort, pour pouvoir conserver ma sérénité, quand je me retrouverai seul du jour au lendemain.

Si ces réflexions m'exaspéraient, c'était en réalité parce que j'étais trop amoureux de Yuri et que la peur de la perdre les avait provoquées. Seulement, à l'époque, je l'ignorais.

Elle me saisit discrètement le bras et leva les yeux vers moi.

« Tu as envie ? lui ai-je demandé.

– Oui », fit-elle avec un bref sourire.

Je remontai son pull et je défis les agrafes de son soutien-gorge, je pris ses seins et je fis descendre son pantalon.

Yuri empoigna mon machin.

« Tu peux le faire avec la bouche ? ai-je demandé.

– Oui », répondit-elle en rapprochant ses lèvres.

J'allais venir, alors j'ai relevé les jambes de Yuri pour la pénétrer.

Elle poussa un petit soupir.

C'est que ce ne devait pas être si fort que ça pour elle. En vérité, pour chacun de nous, petit à petit, la passion se refroidissait peut-être. J'allais jusqu'à le penser.

Pendant les vacances d'été, je me suis concentré sur mon petit boulot alimentaire. Nous ne sommes sortis ensemble que deux fois : une fois pour visiter le musée des Vers parasites de Meguro et l'autre pour partager une nuit dans son atelier. Yuri semblait occupée avec ses amis par les préparatifs d'une exposition en automne. Mes jours de congé, je les passais avec Dômoto ou des collègues de travail.

Une semaine après la rentrée, éclata un terrible typhon. J'ai vu l'œil de l'ouragan au restaurant italien où je travaillais.

Le restaurant était pris dans l'œil, et par la fenêtre j'apercevais le ciel serein. Puis on en arriva à un moment où la moitié des fenêtres laissaient voir la pluie et l'autre moitié non. Les clients s'excitaient, tout joyeux. Je les observais avec distance. Il pouvait donc se passer de telles choses, me dis-je.

En fermant les yeux, je me représentais un petit typhon qui tourbillonnait à l'intérieur du restaurant.

Était-ce de l'anémie ? Quand j'ai rouvert les yeux, je ne voyais plus rien de tout cela. Le fond de mon cerveau contenait encore des images rémanentes d'un typhon bigarré.

Dès le lendemain matin, un ciel limpide régnait, de ceux qui suivent les typhons, et le soir venu, il rougeoyait.

Après les cours, je prenais un café, assis sur un banc de la cour, quand je reçus sur mon portable un mail de Dômoto qui disait : « Rejoins-moi sur le toit. »

J'ai fait grincer sous mes pas l'escalier rouillé qui montait sur le toit, où j'ai retrouvé Dômoto et une fille, qui chantaient allongés en regardant le ciel.

C'était celle qu'on appelait En.

Je la connaissais de vue, parce que nous suivions certains cours ensemble. Elle était habillée avec trop de simplicité pour une étudiante des beaux-arts : elle était si naturelle qu'on aurait dit une athlète olympique en civil. Elle avait les cheveux mi-courts noirs et brillants, et quand elle riait, on voyait ses dents qui se chevauchaient. Elle dégageait quelque chose d'assez drôle.

« Bonjour », me dit-elle.

J'inclinai la tête.

« Je te présente En, dit Dômoto. Et voici Isogai. »

Elle s'appelait en réalité Shôko Endô. Dômoto avait suivi lui aussi les mêmes cours qu'elle. L'aurait-il séduite à mon insu ? me suis-je demandé, mais apparemment il ne recherchait pas son intimité.

« J'ai pensé qu'on pourrait dîner ensemble, proposa Dômoto.

– D'accord », ai-je répondu en hochant la tête.

En a souri en découvrant ses dents irrégulières.

J'étais ému par la beauté somptueuse du soleil couchant. On aurait dit une tranche de thon transparente.

Nous avons regardé le ciel, en nous retenant aux grilles, et après avoir bavardé un peu tous les trois, nous sommes redescendus et avons quitté l'école, pour aller manger du porc pané dans un restaurant devant la gare.

Nous nous sommes empiffrés dans cet endroit où on servait du chou à volonté.

Quand je mordais dans la viande, la graisse animale se répandait insidieusement dans ma bouche, exacerbant ma sensualité. J'assaisonnais de moutarde chaque bouchée. Et le riz blanc était exquis.

En semblait hésiter à arrêter ou poursuivre ses études.

« Pourquoi ?

– Je pensais m'occuper de l'entreprise familiale. Je peux pratiquer la peinture comme passe-temps. Je n'ai jamais pensé devenir professionnelle.

– Génial ! répliqua Dômoto, en faisant craquer sous ses dents des condiments. Moi, en tout cas je n'ai pas la moindre envie de renoncer à l'insouciance de ma vie d'étudiant.

– C'est quoi, l'entreprise familiale ? demandai-je.

– L'électroménager. »

J'avais imaginé une activité un peu plus originale et je suis tombé de haut.

« Ça doit être difficile. Ce sont tes parents qui te demandent de prendre la suite ?

– Pas vraiment, mais… je veux gagner ma vie dès que je le pourrai. En ce moment, mes parents me paient mes études et mon loyer et ça commence à me mettre mal à l'aise. J'ai envie de tout me financer moi-même et cela le plus vite possible.

– Super ! » commenta Dômoto.

J'ai approuvé.

« C'est peut-être nous qui ne réfléchissons pas assez,

mais je pense, de toute façon, qu'il y a très peu d'étudiants qui ont ce type de réflexion.

– Non, ce n'est pas que j'aie réfléchi, mais j'ai eu seulement cette envie… Au fond, si j'avais réellement eu un don pour la peinture et la volonté de l'exploiter, je n'aurais jamais été traversée par cette idée. Or j'ai intégré l'école sans penser à cela préalablement, ma décision n'a donc rien de génial. »

Elle articulait lentement, comme si elle avait choisi précautionneusement chaque mot. Elle mastiquait son porc pané avec autant de détermination et de soin.

Après quoi, on s'est mis à papoter : qui sortait avec qui, quel était le meilleur restaurant de soupe aux nouilles ? Puis on s'est échangé nos numéros de portable et on est sortis du restaurant avec l'impression d'être devenus plus intimes.

On devait tous prendre le train sur la ligne circulaire et on l'a attendu ensemble.

Pendant que Dômoto est allé aux toilettes, j'ai embrassé En. Nos dents se sont heurtées avec un petit bruit.

Quand Dômoto est revenu, En a fait comme si de rien n'était. À Shinjuku, j'ai changé pour la ligne Saikyô.

À ce moment-là, En me paraissait incroyablement attirante et mignonne.

Mais c'était la première fois que je m'étais conduit avec autant d'insolence avec quelqu'un.

Une fois rentré chez moi, j'ai enfoui mon visage entre mes mains et j'ai été torturé de remords. Je m'en voulais tellement que j'ai fini par appeler En pour m'excuser, mais elle ne semblait pas du tout en colère contre moi, cela dit, on ne sait jamais.

En octobre, quand l'exposition que Yuri partageait avec deux autres peintres a été terminée, on est partis en randonnée, elle et moi. On a fait l'ascension du mont Takao, un dimanche matin.

On n'était guère sportifs, tous les deux, alors ça nous a réclamé un gros effort. On transpirait, on ne disait pas un mot et on mettait un pied devant l'autre comme des automates.

Les jolies fleurs qu'on remarquait, on ne se les indiquait même pas. Nous ne prêtions aucune attention aux feuilles rouges d'érable et j'avais les yeux fixés sur le dos de Yuri qui avançait à quelques mètres de moi.

Nous nous sommes mis à l'ombre des rochers, pour boire du thé chinois qu'on avait emporté dans une gourde.

Un petit lièvre fit poindre son museau et disparut. On

échangea un regard en riant. C'était la première fois que je voyais un lièvre.

Ce soir-là, on a fait l'amour lentement dans l'atelier de Yuri.

C'est idiot de se dire qu'on a envie de toucher quelqu'un parce qu'on est seul. Il faut attacher de l'importance à son partenaire et construire avec lui un rapport stable. Quant aux caresses, elles doivent être lentes, douces, soignées, sensuelles, très attentives aux réactions de l'autre.

L'hiver arriva. J'ai rangé au fond de mon armoire mon duffle-coat bleu sombre et je me suis acheté une doudoune marron foncé. En me promenant en ville, j'avais l'air un peu plus adulte.

Yuri et moi, nous nous sentions soudain encore plus attirés l'un par l'autre. Je me demandais pourquoi, puisque déjà un an s'était écoulé, mais comment réprimer ce désir réciproque ?

Moi, j'étais convaincu d'aimer plutôt les filles mignonnes. Par exemple, je pensais que j'avais une préférence pour un certain type de visage. Je rêvais de tomber un jour sur une fille du genre de l'actrice Mariko Kaga, qui ressemble à une chatte noire, avec ses yeux coquins et ses lèvres boudeuses.

Le visage de Yuri n'avait rien à voir avec cela. Elle avait les yeux étirés et le visage rond. Ses lèvres pincées étaient toujours gercées. Son corps était trop charnu. Son visage était trop souvent marqué de fatigue.

Mais, une fois amoureux, je me suis rendu compte que je n'avais aucune attirance pour telle ou telle apparence. Quand on est épris, le cœur s'incruste dans la forme de l'autre. Oui, c'est ça. Ce n'est pas que j'aie un fantasme auquel devrait s'accorder un aspect particulier. Mon cœur s'incruste dans une forme qui est là.

Ses défauts sont irrésistibles. Et je ne peux pas l'oublier.

Je ne peux pas laisser trois jours sans avoir envie de la revoir.

Nul en sexe, nul en contacts humains, c'est comme ça que je me vois. Je ne suis pas encore sûr de pouvoir satisfaire Yuri. Quand je bavarde avec elle, je ne peux pas m'empêcher d'être inquiet de savoir si je l'ennuie ou l'amuse.

Je pensais ainsi, quand elle m'a dit, en faisant l'amour : « Si on éprouve du plaisir, il faut se dire que l'autre aussi. C'est comme en peinture. »

Je ne savais plus si c'était ça, l'amour. Peut-être que ce n'était que l'envie de communiquer à un proche sa tendresse.

Je me disais aussi que Yuri resterait toujours près de moi, mais en même temps que la femme de ma vie se trouvait ailleurs et que Yuri n'était qu'une étape.

Ce n'était, pensais-je, peut-être pas vraiment de l'amour, mais une simple fixation.

Tout feu qui s'enflamme s'éteint un jour ou l'autre. C'est bien pourquoi j'espère pouvoir rester tranquillement en bons termes avec elle, sans que tout se consume.

Mais si le cœur ne brûle pas, à quoi sert-il de continuer à vivre ?

C'est cette affection que j'avais pour Yuri, et à laquelle je ne pouvais donner ni le nom d'amour ni celui de sentiment, qui me stimulait constamment. Je ne comprenais pas pourquoi, mais j'étais passionné.

Je passai le 31 décembre avec Yuri. Son mari, m'avait-elle expliqué, était rentré chez ses parents.

« Tu ne dois pas l'accompagner ?

– Si j'affirme que j'ai un travail en cours, ma belle-famille comprendra. »

Je me demandais avec inquiétude si c'était bien la vérité, mais j'étais en tout cas ravi de passer avec elle le jour de l'an. L'année d'avant, cette période avait été assez triste.

« Puisque mon mari n'est pas là, dit-elle, que dirais-tu de venir passer les fêtes chez moi, tranquillement à Tama Plaza ? »

Jusqu'alors, je ne la voyais que dans son atelier. Mais il y avait aussi cette maison où vivait avec son mari une Yuri qui m'était inconnue. Cela me pesait d'y aller. Toutefois le goût de l'interdit m'attirait. J'étais curieux de voir comment était cette maison.

« D'accord, on fait comme ça. Je viendrai. »

Une fois la chose décidée, je m'y suis fait.

Je lui ai annoncé que j'arriverais à six heures à la gare de Tama Plaza où elle viendrait me chercher. Elle m'attendait dans sa jupe noire, longue et virevoltante, à la sortie de la gare de Tama Plaza, sur la ligne Denentoshi.

On est allés faire tous les deux des courses au supermarché. Du chou chinois, du tôfu, des crèmes caramel, des feuilles de chrysanthème, des poireaux, des vermicelles shirataki, des nouilles udon, du cabillaud[1]. Nous remplissions de tous ces produits le caddie dont les roues crissaient. Yuri semblait très heureuse.

Nous avons emprunté une rue qui montait vers un quartier résidentiel. C'est là que se trouvait la maison de Yuri. C'était une zone d'allure campagnarde et un peu plus loin on disait qu'il n'y avait plus que des potagers. Le nom de Tama Plaza pouvait évoquer un quartier huppé, or la maison de Yuri était petite, ancienne et proprette.

Yuri sortit la clé et ouvrit la porte. En découvrant l'odeur de cette maison inconnue, j'éprouvai un léger vertige.

Le vestibule était sale et désordonné : manifestement le ménage n'était pas fait. Les chaussures étaient abandonnées n'importe où. La présence de chaussures d'homme en cuir m'a rendu mélancolique. Il y avait un tableau de Yuri accroché au mur. Il représentait des chaussures. C'était tout drôle.

« J'arrive », dis-je en rangeant avec soin mes chaussures.

Elle semblait plus tendue que moi quand elle me fit entrer dans la salle de séjour.

---

1. Ingrédients pour une « marmite » de légumes et de poisson.

« Tu vois le désordre, ne te gêne pas. Les toilettes sont par là. Assieds-toi sur le canapé. Je vais te servir du thé. »

Elle passa rapidement dans la cuisine. Je pris place sur le canapé dont les ressorts étaient durs et je jetai un coup d'œil circulaire.

Les étagères étaient surchargées de cassettes de films. Yuri m'avait dit qu'elle n'aimait pas le cinéma, parce qu'elle avait l'impression de perdre son temps. C'était donc probablement le passe-temps de son mari.

On avait l'impression que la poussière imprégnait toute la pièce. Yuri ne devait vraiment jamais faire le ménage. Une chaufferette se trouvait devant le canapé.

Je suis descendu du canapé et j'ai glissé mes jambes sous la chaufferette[1]. Bien que l'appareil soit carré, Yuri avait utilisé un molleton rectangulaire qui laissait passer l'air froid. Le motif du tissu était de mauvais goût. Je m'agitais à la recherche du cordon électrique, quand Yuri revint avec du thé anglais.

« Bois », me dit-elle, tout en appuyant avec un bruit

1. La chaufferette japonaise est une tablette recouverte d'une couverture molletonnée, sous laquelle on glisse les jambes en s'asseyant par terre.

sec sur l'interrupteur, avant d'allumer le téléviseur au moyen de la télécommande.

L'émission du réveillon avait déjà commencé. Je mis un carré de sucre dans ma tasse et vis les bulles remonter en pétillant. J'ajoutai une tranche de citron qui modifia la couleur du thé. Yuri resta un moment silencieuse à regarder l'écran. Elle sourit et se leva.

« Eh bien, on s'y met. »

Elle alla chercher un réchaud électrique qu'elle brancha.

« On y va », dis-je en retroussant mes manches.

Je pris la planche à découper, je coupai les poireaux en biseau et fis des morceaux sommaires avec le chou chinois. Yuri apporta des assiettes et mit la table.

On remplit la marmite d'eau et on y jeta les légumes.

« Ah… fis-je.

– Quoi ?

– On n'a pas acheté de viande.

– On met de la viande dans une "marmite" ?

– Mais sans la viande ce n'est plus une "marmite" !

– Ça ne suffit pas, les légumes et le cabillaud ?

– Je vais aller en acheter tout de suite au supermarché.

– Si on ajoute de la viande, on va gâcher le bouillon ! »

Yuri n'était pas végétarienne, mais elle mangeait très peu de viande. Elle se remplissait le ventre d'hydrates de carbone et de légumes.

« Tu ne manges pas de viande, Yuri, non ?

– Si, de temps en temps.

– Rien que de temps en temps ?

– Trop, c'est comme trop peu.

– Qu'est-ce que c'est que cette histoire ? »

Je lui dis que si elle en mangeait un peu, j'irais quand même. Je lui demandai de m'indiquer le chemin et je filai sur sa bicyclette pour en acheter et revenir aussitôt. Elle se mit en colère en découvrant le contenu du sac. Elle dit qu'il y avait trop de viande. J'avais acheté trois paquets, de bœuf, de porc et de poulet. Quand elle fit cette remarque, je me dis qu'en effet je regrettais d'en avoir acheté autant. En désespoir de cause, je jetai la totalité dans le bouillon.

« Enfin que fais-tu ? s'écria-t-elle. On ne pourra jamais manger tout ça.

– Mais si, moi, je suis jeune. »

Cette explication – « moi, je suis jeune » – dut l'exaspérer davantage, car elle ne décoléra pas. Or sa colère l'embellissait et me donna envie de la taquiner encore plus. Je la saisis sous son bras et je lui palpai la chair.

« Que fais-tu ? me demanda-t-elle en se contorsionnant.

– Ça a trop cuit, on va arrêter le feu. »

J'ai débranché le réchaud, je me suis assis derrière Yuri et je l'ai serrée très fort.

« Je vais te faire manger », dis-je en prenant, avec des baguettes, dans sa petite assiette, un morceau de chou chinois et en le portant à sa bouche.

Elle mangea docilement.

Je lui massai les seins à travers le pull.

Je l'enviai de posséder deux objets aussi agréables.

« C'est magnifique, des seins.

– Tu le penses vraiment ? »

C'était délicieux de pouvoir échanger des propos aussi bêtes.

Je l'attirai jusque sur le canapé.

Le sexe appartient à l'imagination. Ce qui produit du plaisir est moins le contact que sa représentation.

« Je peux le faire par-derrière ? demandai-je.

– Si tu veux. »

Je relevai sa jupe et je m'introduisis par-derrière et me tortillai. Puis, je lui demandai :

« On peut continuer par terre ?

– Oui », répondit-elle.

On s'étendit sur le sol. Je me sentais si bien que je l'appelai par son prénom :

« Yuri…

– Je t'aime, Isogai. »

Elle avait alors une voix merveilleuse.

On s'est remis à s'occuper de la marmite. Mais on n'arrivait pas à la terminer. Yuri tenait à manger de l'udon, qu'on ajouta au bouillon. C'était une vision de l'enfer, dans la marmite.

On mangeait donc notre udon, au lieu du soba habituel pour le réveillon, et on se demandait quoi faire quand sonnerait minuit. Yuri déclara qu'elle voulait entendre la *Symphonie pastorale*. Il n'était que onze heures, mais on attendit après avoir préparé le disque.

« On va dormir dans la chambre cette nuit ? » demandai-je, non sans appréhension.

À vrai dire, il ne s'agissait pas d'entrer dans cette chambre : je n'avais même pas le courage de la voir seulement.

« Ça te déprime ? » demanda-t-elle.

Je fis signe que oui.

« Je comprends, fit-elle, en hochant la tête. J'ai des matelas pour les invités, on va les dérouler ici. »

Elle alla en chercher au premier. J'aurais pu l'aider, mais je n'avais pas le courage de monter avec elle et je l'attendis en bas.

« Un seul suffira », dis-je.

On étendit sommairement un drap et on se calfeutra sous une couette. Nous bavardions en chahutant un peu, quand minuit arriva. Je serais incapable de dire de quoi nous étions en train de parler quand ce fut le nouvel an. Nous n'avons même pas écouté la *Symphonie pastorale*. Pire encore, Yuri s'était endormie sans que je m'en aperçoive.

J'observai Yuri, le visage totalement confiant et abandonné, tournée vers moi. Je lui pinçai une joue, mais elle ne se réveilla pas. Je lui tirai légèrement les cheveux, sans plus de succès. En lui arrachant un cheveu, je constatai qu'il était dru et crépu, et que son épaisseur était inégale.

Je l'ai serrée très fort au point d'écraser sa poitrine. Elle se réveilla.

« Bonne année ! » dis-je.

Yuri sursauta et demanda, au bord des larmes :

« Tu sais ce qu'est le bonheur ?

– Non.

– Je pense que c'est ce que nous vivons en cet instant », répondit-elle d'un air sérieux.

On aurait dit qu'elle s'était déjà mise à pleurer. J'ai léché ses larmes. Je comprenais ce qu'elle ressentait. Passer la nuit du nouvel an dans les bras de quelqu'un qui comptait, cela semblait banal et pourtant relevait du miracle.

Nous dormions comme si nous étions le roi et la princesse du pays du sommeil.

Le jour de l'an, on s'est réveillés à midi passé. Nous avons oublié l'horrible marmite et mangé la soupe spéciale de ce jour-là, que j'ai préparée exprès : un bouillon à base d'algues, avec des feuilles de chrysanthème et du poulet, assaisonné à la sauce de soja. Elle la trouva délicieuse dès qu'elle y eut goûté.

« J'ai gardé un bon saké pour l'occasion. »

Elle alla chercher un magnum avec deux verres. Nous l'avons bu frais. Il était fameux.

« Boire du saké dès midi, j'aime bien cette déchéance.

– On croit pouvoir oublier la marmite en mettant le couvercle dessus, mais c'est comme la prémonition de notre avenir.

– Comment oses-tu dire ça ? »

Je lui donnai un petit coup de pied à la jambe, tout en

étirant la chair élastique du gâteau de riz qui trempait dans la soupe.

On s'est amusés à faire de la calligraphie, comme c'est l'usage en début d'année. Faute d'encre, nous nous sommes contentés de peinture sur du papier à dessin. Yuri a écrit « Anticonformisme » et moi « Liberté ».

C'était presque le soir quand on s'est rendus au sanctuaire. Je voyais Yuri à mes côtés : ses cheveux défaits disaient assez la paresse dans laquelle elle avait passé le jour de l'an. La barbe sur mes joues devait donner aussi cette impression.

Le sanctuaire étant déjà fermé, on a dû se résoudre à faire nos prières de l'extérieur. On s'est quittés ensuite et nos adieux ont été pénibles après cette longue intimité.

Je me souviens de Yuri plusieurs fois par jour.

Son ventre potelé.

Cette rondeur proéminente sous le nombril ne porte-t-elle pas de nom ?

Même sous la jupe, elle était perceptible. Les jeunes filles sont plates à cet endroit, mais les femmes de son âge ont ce physique-là.

Je voudrais la caresser là, aussi souvent que possible.

Je suis dès lors resté ami avec En. On se croisait à l'école, mais elle ne laissait rien transparaître de ce qui s'était passé. Comme mes relations avec Yuri connaissaient un regain de passion, En avait perdu à mes yeux de son attrait, mais elle était si directe, si gentille et si solide que je la trouvais agréable.

On a mangé plusieurs fois ensemble, en compagnie de Dômoto et de plusieurs autres amis.

Sur ces entrefaites, le moment arriva pour En de quitter l'école.

Après son dernier cours, elle vint vers moi d'un air déterminé et m'adressa la parole :

« Ça te dirait de m'accompagner pour prendre un café ?

– Bien sûr ! », répondis-je en souriant.

On est descendus dans le bar du hall et on a pris un café dans des gobelets en carton.

« Tu me manqueras, dis-je.

– Moi aussi, pendant un moment, tu me manqueras quand je me souviendrai de l'école. Prends soin de toi.

– Toi aussi. Telle que je te connais, tu sauras trouver du bon temps et tout ira bien pour toi.

– Tu crois ?

– Oui », fis-je avec un sourire incisif.

Elle sourit à son tour en baissant les paupières. Puis elle se mordit les lèvres, comme si elle réfléchissait à quelque chose, et ouvrit la bouche.

« Tu sais, même sans ce baiser, j'aurais un sentiment pour toi.

– Comment ça, sans ce baiser… ?

– Tu ne veux pas qu'on sorte ensemble ?

– J'ai quelqu'un dans ma vie. Alors, on ne peut pas sortir ensemble. Merci quand même. Ça me fait vraiment plaisir.

– Je comprends.

– Merci. »

On a terminé nos cafés en silence.

« Je suis un salaud, hein ?

– Bof… »

Elle sourit en découvrant ses dents qui se chevauchaient.

La première fois où j'aie rencontré Inokuma, le mari de Yuri, c'était en février, où j'étais en visite chez elle.

Elle m'avait proposé de me montrer un album d'Egon Schiele : je suis allé à Tama Plaza un vendredi où le mari de Yuri était censé rentrer tard. Elle m'avait dit que le livre était chez elle, mais trop lourd à transporter : alors il fut décidé que je me déplacerais pour le voir. Comme c'était ma deuxième visite, je m'y suis rendu avec plus de calme qu'à la première.

J'ai suivi le même trajet que pour le réveillon et, une fois devant la maison, j'ai sonné à l'interphone.

Quand elle m'accueillit, elle avait sur le visage les marques de la paille du tatami et les cheveux ébouriffés, ce qui indiquait qu'elle venait de se réveiller. Elle me saisit par le poignet et m'emmena au premier. Il n'y avait que deux pièces en haut. Elle a ouvert la porte de gauche. Tout était très poussiéreux et ça avait tout l'air d'un débarras. Il y avait par terre une statue en pierre très sale et des piles de livres auxquels Yuri ne semblait attacher aucune importance.

« Le living ? demandai-je.

– Mais non, le living est en bas. Ça, c'est ma chambre. »

Ça ne pouvait pourtant être qu'un débarras.

« Attends un peu… Le voilà. »

Elle dénicha un album incroyablement grand et me l'apporta dans ses bras. On fit un peu de place sur un mètre carré, pour dégager le plancher et s'asseoir. On avait les genoux relevés, sur lesquels on posa l'album pour le feuilleter ensemble. On restait presque entièrement silencieux, mais quand un détail nous frappait, on se le faisait remarquer en chuchotant. C'était une après-midi tranquille.

À six heures, on est redescendus pour manger les gâteaux que j'avais apportés, en glissant nos jambes sous la chaufferette. C'était un cheese-cake avec un léger coulis de framboises.

Après ce goûter, on a bavardé un moment en tripotant le papier aluminium, et on s'est endormis sans s'en apercevoir.

Je ne sais pas combien de temps s'est écoulé, mais j'ai été réveillé par un cliquetis de lame de couteau dans la cuisine.

J'avais l'esprit si brumeux que je ne comprenais pas où je me trouvais.

La tête vide, je me suis levé chancelant, et je suis passé sous le court rideau de la cuisine : j'ai découvert alors un homme d'une cinquantaine d'années, qui avait mis un tablier simple, bleu foncé.

« Ah ! » m'exclamai-je d'une voix étouffée.

Il sourit légèrement, en conservant son calme.

C'était Inokuma.

Il était bien plus disgracieux que je ne l'avais imaginé.

Il avait le corps rond de Humpty Dumpty, son visage était tout tavelé, ses yeux étaient minuscules, il portait d'épaisses lunettes.

« Vous venez de vous réveiller ? demanda-t-il d'une voix claire et sensuelle de ténor.

– Oh, pardon, dis-je, par automatisme.

– Mais non. J'imagine que vous êtes un élève de Sayuri ? »

Croyait-il vraiment que je n'étais que son élève ?

« En effet », répondis-je.

Je relevai doucement le visage et le vis acquiescer avec un sourire délicat. Il semblait imperceptiblement triste.

Évidemment, il était impossible qu'il ne le sache pas.

Y a-t-il des hommes qui ne comprennent pas si la femme avec laquelle ils vivent a un amant ou pas ? En présence de l'amant de leur femme, comment pourraient-ils ne pas s'en apercevoir ?

Je devais quitter cette maison tout de suite.

J'allais ouvrir la bouche, mais il prit le premier la parole.

« J'ai terminé mon travail plus tôt aujourd'hui. En rentrant, j'ai vu que vous étiez là avec elle, alors je suis allé faire des courses au supermarché et je reviens à l'instant. Eh bien, comme vous le constatez, le dîner sera bientôt prêt. Encore dix minutes. Et puis on réveillera Sayuri et on mangera tous les trois ensemble. »

En l'observant parler sur ce ton modéré, avec le plus grand naturel, j'ai tout compris.

Cet homme était extraordinairement singulier. Mais il ne manquait pas de bon sens et se montrait capable de s'accorder avec les autres. Or justement cette qualité le blindait et lui permettait de maintenir en lui cette étrangeté. Je pouvais donc concevoir pourquoi Yuri le trouvait important.

Je savais pertinemment qu'il était contraire à toute logique de m'inviter à dîner et cela m'angoissait, mais je me rendais compte qu'il savait comment s'y prendre pour me mettre à l'aise.

Je préférais donc ne rien dire.

« Vous pourriez prendre les assiettes ? me demanda-t-il. Il doit y en avoir de taille moyenne, bleues, avec un motif de rouet. Prenez-en trois.

– D'accord», répliquai-je docilement en me précipitant vers le placard à vaisselle.

Il roula le poulet dans de la maïzena et le fit frire. Il posa les morceaux dans chaque assiette avant de les arroser de sauce à la chinoise.

Le bouillon aux raviolis dans les assiettes creuses.

Des bouchées au porc faites maison dans de petits ramequins.

De la salade de concombres, de *komatsuna*[1] et de thon, dans des plats en verre.

«Je vais réveiller Sayuri», annonça Inokuma avant de sortir en passant sous le court rideau.

Je m'occupai à bien mettre la table selon les règles.

«Allez, on bouffe!» s'exclama Yuri en entrant à grandes enjambées, les yeux encore à moitié fermés.

La table était en bois blanc et accentuait l'impression de fragilité. Yuri prit place à côté d'Inokuma et je m'assis face à lui.

«Inokuma fait très bien la cuisine, dit Yuri sur un ton insouciant.

– Vous l'avez étudiée quelque part? demandai-je.

1. *Brassica rapa peruirridis.* Salade dont les feuilles épaisses se mangent crues ou cuites comme des épinards.

– Pas du tout. Je fais vraiment ça pour le plaisir. Je ne sais pas cuisiner de choses compliquées. Mais comme j'aime bien manger, je prépare les plats dont j'ai envie.

– Cette bouchée est très bonne. La chair des crevettes est ferme sous la dent.

– C'est vrai, dit Yuri.

– Le poulet aussi est exquis. Il est craquant et juteux à la fois.

– Oui, il est délicieux. »

Elle enchaînait du tac au tac. Elle mangeait de bon cœur malgré son peu de goût pour la viande.

« Oui, ça aussi, c'est bon. La soupe aux raviolis. C'est vous qui l'avez préparée ? La pâte est épaisse, mais moelleuse.

– J'en prépare à l'avance. Je profite de mes jours de congé pour les faire et les congeler : c'est pratique, comme ça. »

Il affichait un air de satisfaction candide en disant cela.

Sa cuisine était authentiquement délicieuse. Elle me convainquait que manger pouvait rendre heureux.

Est-ce que le mystère de la vie ne résidait pas dans

le plaisir stimulé par le contact des mets salés sur les papilles ?

Au milieu du repas, Inokuma me proposa :

« Vous voulez une bière ?

– Volontiers… »

Il alla prendre dans le réfrigérateur une bouteille. Yuri chercha trois verres et l'ouvre-bouteille. Il nous servit.

« À votre santé. »

On trinqua tous les trois sans trop lever le verre et on se mit à boire en échangeant des propos murmurés.

« Vous savez comment la bière est fabriquée ? demanda Inokuma.

– Non.

– Avec du blé ? Ou avec de l'orge ? intervint Yuri.

– Mais non. Ça sort d'une source.

– Quoi ?

– À Ebisu [1], il y a un grand étang. C'est beau. D'une couleur dorée. Il y a des bulles qui remontent du fond. »

Il avait un air sérieux en expliquant cela. Je me mis à rire.

1. Quartier de Tôkyô où se trouvait autrefois la brasserie de la célèbre bière Ebisu.

« Est-ce que la bière jaillit de la terre pour former un étang ? demanda Yuri avec une expression amusée.

– Exactement, acquiesça Inokuma. Vous voyez… »

Il fit mine d'accrocher une ficelle à un seau, qu'il feignit d'immerger dans l'étang et de remonter, avant d'y plonger son doigt et de le lécher, pour servir cette bière imaginaire. Cette suite de gestes était enjouée comme une pantomime, et nous nous laissions entraîner par ce spectacle.

« Elle semble délicieuse. J'aimerais bien y aller moi aussi pour goûter de la bière fraîche.

– Allons-y un de ces jours. Il y a en fait deux étangs, celui de la bière blonde et celui de la bière brune. »

Yuri éclata de rire.

« Est-ce qu'il y a des poissons ?

– Bien sûr ! On les appelle poissons-bières.

– N'importe quoi ! protesta Yuri, en riant de plus belle.

– Ils sont toujours ivres. Il y en a qui pleurent, il y en a qui n'arrêtent pas de rire. Il y a des donneurs de leçons, mais ceux-là sont détestés. »

À la fin du repas, je me suis levé.

Ils me raccompagnèrent tous deux jusqu'au vestibule.

Ils m'accablèrent de recommandations : « Attention au froid », « J'espère que vous n'avez pas trop bu », « N'hésitez pas à revenir nous voir ».

Je n'avais pas la moindre idée de ce qu'ils pensaient vraiment. Je leur dis :

« Merci pour cet excellent repas. »

Mais dès que la porte s'est refermée, je n'ai plus retenu mon rire.

Et j'avais le visage joyeux sur tout le trajet jusqu'à la gare.

J'ai dû mettre une vingtaine de minutes et j'ai pouffé à plusieurs reprises. C'étaient vraiment de drôles de gens. Je me découvrais une certaine sympathie pour Inokuma.

Cette nuit-là, j'ai fait un rêve. On aurait dit un documentaire à la télévision. Ça semblait être l'histoire d'un vieux retraité.

Je n'étais pas acteur dans ce rêve, mais à la fois cameraman et spectateur.

Avait-il un peu moins de soixante-dix ans ?

Il avait entièrement utilisé l'argent de sa retraite pour acheter des rizières.

La vieille qui était son épouse déclarait :

« Quand il a une idée en tête, il n'écoute plus les autres ! »

Elle avait constaté en silence que leurs économies fondaient.

Il semblait vouloir pratiquer une culture assez particulière.

Ces temps-ci, le goût amer était en vogue.

Les légumes amers, les fruits amers se vendaient comme des petits pains. Il cultivait du riz amer sans engrais chimique.

Comme on disait que les rizières au bord de la mer étaient bonnes, les siennes se trouvaient justement au sommet d'une falaise.

Il y allait tous les jours, pour veiller à la croissance du riz.

Mais quand on cultive du riz sans pesticide, les épis mûrs restent dressés.

Or le riz ainsi produit, à partir d'un épi qui reste droit, n'est pas bon. Il n'est savoureux que si les épis pendent.

Il a donc pris soin de fixer un caillou sur chaque épi pour le faire retomber.

Le vieux et la vieille avaient attaché une ficelle d'une dizaine de centimètres avec un caillou au bout, à chaque pointe d'épi.

Les épis dorés, sous le poids du caillou, se balançaient comme en sautillant.

La caméra paraissait filmer du haut d'un hélicoptère et la vision s'éloignait de plus en plus.

Le contraste entre la mer bleue et la rizière dorée était magnifique.

Le vieux couple au dos voûté se réduisait à un point.

Quand je me suis réveillé, j'avais le cœur battant.

C'était ineffablement émouvant.

Le printemps approchait.

De temps à autre, des spirées en fleurs nous surprenaient. Des fleurs blanches de magnolias se regroupaient sur les arbres comme des lapins.

Je me promenais avec Yuri, main dans la main, dans le parc de Yoyogi.

Parfois la nature est belle, mais elle n'est pas tournée vers la beauté.

Quand je lève les yeux, les branches se déploient, les feuilles foisonnent, dessinant un motif inédit que je trouve beau quoique les branches ne tendent pas vers la beauté, mais vers le hasard.

Elles prennent cette forme-ci par hasard.

C'est le hasard qu'elles cherchent à créer.

Elles le multiplient.

Après quoi on a pris le métro et on est allés ensemble à Futakotamagawa. On a longé la rivière. On s'est accroupis, en enserrant nos genoux, et on a contemplé longuement la surface de l'eau. On ne se lasse pas des dessins qui s'y forment.

Parfois un train passait sur le viaduc qui enjambait la rivière. Quand c'était trop bruyant, nous nous taisions pour nous dévisager. Dès qu'il s'était éloigné, nous reprenions notre conversation.

Nous nous sommes rendus à l'atelier et comme toujours je l'ai étreinte dans mes bras. Mais elle s'est étrangement montrée hésitante.

Je me suis demandé ce qui lui arrivait, mais j'ai plaqué ma bouche sur la sienne.

J'ai pressé sa poitrine, puis j'ai fait descendre ma main du décolleté de sa robe et j'ai frôlé craintivement la pointe de ses seins.

J'ai tiré par sa manche l'attache de son soutien-gorge et j'ai joué avec l'agrafe en la faisant cliquer, mais elle a écarté ma main.

J'ai glissé une main sous ses jupes, mais Yuri gardait les jambes serrées.

Cependant lorsque j'ai observé son visage, j'ai constaté qu'elle souriait lentement et elle m'a caressé les cheveux.

Quand je l'ai embrassée, elle a ouvert en grand sa bouche et avec sa langue a léché en tous sens mon palais comme si ses hésitations s'étaient désormais dissipées.

J'ai déboutonné sa robe. Elle m'a retiré mon tee-shirt. Je lui ai ôté sa culotte et cette fois-ci elle a écarté les jambes. Nous nous sommes collés l'un à l'autre et nous avons fait l'amour dans une position normale.

J'étais loin de penser que ce serait notre dernier rapport sexuel.

À la rentrée d'avril, Yuri avait démissionné de l'école. Ce fut un choc.

Je l'ai appris d'inconnus qui évoquaient la chose.

« Il paraît que Yuri a quitté l'école. »

J'ai dû surprendre cette phrase, prononcée par quelqu'un que j'ai croisé dans un couloir. Mais pourquoi fallait-il que, moi, je l'apprenne d'un inconnu ? Ma tête tournait. Je me suis dit que c'était probablement vrai.

Elle était bizarre tous ces temps derniers, mais j'avais fait semblant de ne pas le remarquer.

Je suis allé me renseigner au secrétariat. Elle avait bel et bien démissionné.

J'ai séché le cours suivant, je suis sorti de l'enceinte de l'école et j'ai erré au hasard. J'ai marché pendant près d'une heure et, arrivé à Meguro, j'ai appelé Yuri sur son portable.

« C'est vrai, j'ai démissionné, répondit-elle comme si de rien n'était.

– Ah bon ? fis-je en tentant de garder tout mon calme.

– Je me disais que j'aurais dû t'avertir, mais c'était un peu compliqué et je suis vraiment désolée.

– D'accord.

– Tu as le temps de manger avec moi aujourd'hui ?

– Eh bien… à l'atelier ?

– Non, je dois aller à Shibuya. »

Je suis retourné à Shibuya par la ligne circulaire de train et je suis allé au cours de l'après-midi. Après quoi, j'avais rendez-vous devant la statue Moyai. Yuri est apparue avec cinq minutes de retard, en agitant discrètement la main.

On est allés dans un restaurant de poisson où l'on

mangeait bien. On s'est assis face à face sur les tatamis. Elle a choisi le menu au maquereau et moi celui au *samma*[1] grillé. On a parlé en buvant un peu de saké.

« Tu ne viens plus à l'école, Yuri ? demandai-je.

– Ben, j'ai démissionné.

– Ça m'a surpris.

– J'en suis désolée… Je vais chercher un autre travail, mais avant je pense faire un voyage. »

J'avais du mal à la suivre, mais j'ai réussi à balbutier :

« … un voyage ? Où ?

– En Birmanie. »

J'ai ouvert grande la bouche.

« En Birmanie ?

– Oui.

– Combien de temps ?

– Un mois peut-être. »

Je croisai les bras et baissai la tête.

« Ah bon… et tu y vas seule ?

– Eh bien… avec Inokuma… »

Je me suis dit que j'allais pleurer. J'ai bu du saké cul sec et je me suis mordu la lèvre pour retenir mes larmes.

---

1. Saurel du Pacifique ou balaou du Japon.

« Ah oui ?

– À l'école, il s'est passé plein de choses désagréables, mais d'autres aussi pas mal. En tout cas, le fait que je t'aie rencontré est quelque chose d'inoubliable. J'étais vraiment contente. Isogai, tu dois déjà passer l'examen final cette année. Le temps passe vite. J'en suis stupéfaite.

– Hé oui. »

J'ai étendu mes jambes sous la table et j'ai atteint ses pieds. Elle les retira.

Soudain elle s'écroula sur la table et éclata en sanglots.

J'étais désemparé parce que j'étais convaincu que ce serait moi qui pleurerais. Les autres clients nous regardaient à la dérobée.

« Ça va ? » lui murmurai-je.

Elle acquiesça, en étouffant sa voix, mais sans cesser de pleurer.

En silence, je picorais mon poisson en jouant avec les baguettes. Au bout d'un quart d'heure, elle retrouva enfin son calme et se leva.

« Soudain, je me suis rendu compte que j'avais été vraiment contente et tout ça a tourné dans ma tête. »

Elle parlait comme une enfant et j'ai éclaté de rire malgré moi.

Ce jour-là, j'ai lâché des plaisanteries sans importance et je suis rentré.

J'étais si épuisé que je n'avais pas la moindre idée des questions que j'aurais pu lui poser.

Dans ma tête, je voyais à peu près de quoi il retournait, mais mon esprit était troublé par un espoir tenace qui m'empêchait d'y voir clair.

Au bout de deux semaines, on s'est retrouvés pour manger ensemble. On est allés dans un restaurant de pâtes.

Elle prit des spaghettis aux œufs de cabillaud et au *shiso*[1], et moi des spaghettis aux légumes et aux saucisses de Francfort.

« Pourquoi vas-tu en Birmanie ?

– Il y a beaucoup de bouddhistes et ils sont gentils.

– Ah bon ?

– C'est ce que m'a dit Inokuma.

– Tu m'en diras tant.

– Il va démissionner de son entreprise. Il m'a dit qu'il

---

1. Plante aromatique japonaise : *perilla*, en latin.

passerait un mois en Birmanie, ce dont il rêvait depuis longtemps. Alors je lui ai dit: "Moi aussi."

– Ah bon?

– Il ne s'agit pas de nous rapprocher, mais comme on s'entend bien, on a pensé que le moment était bon pour changer d'air. C'est comme ça qu'on a décidé de partir ensemble.

– Ah oui?

– Tu comptes beaucoup pour moi, mais il y a des choses sur lesquelles je dois absolument réfléchir seule. Je pars avec Inokuma, mais justement, comme c'est lui, je pourrai réfléchir seule à tout ça.»

C'est cela que Yuri m'avait raconté.

Ça n'avait ni queue ni tête, mais cela ressemblait tellement à leur manière de penser.

Puis, elle dit:

«Ça m'ennuie pour la peinture.

– La peinture?» demandai-je.

Elle ne donna aucune précision.

«Je te ferai signe à mon retour.»

En partant, elle me sourit de toutes ses dents, les yeux plissés, les ailes du nez creusées de rides.

Elle prit l'avion le 11 mai.

Après son départ pour la Birmanie, je me suis senti vidé. Je ne pouvais m'empêcher de me demander ce qu'elle faisait à chaque instant.

Je suis même allé dans une librairie pour acheter un guide de Birmanie. C'était un volume assez mince. Pourquoi la Birmanie ? N'allait-elle pas se retrouver dans des situations dangereuses ? Visitait-elle des pagodes ? Je suivis le tracé des cartes. Dans quelle ville se trouvait-elle ?

Chaque fois que je pensais à Yuri, j'avais une douleur aiguë dans la poitrine.

Le fait est que nous étions proches et que nos cœurs collaient l'un à l'autre.

Ou nos corps collèrent l'un à l'autre.

Yuri a emporté avec elle la chair de ma poitrine – pour laquelle le plus petit soutien-gorge est encore trop grand – et, partie je ne sais où, se met à la pincer.

La saison des pluies installa plus de tranquillité. Yuri devait revenir le 8 juin. Elle m'avait annoncé qu'elle me ferait signe dès son retour, mais elle ne le fit pas plus le 8 que le jour suivant.

Je me disais qu'elle devait être épuisée les premiers temps, et j'ai attendu le troisième jour pour me manifester.

Mais elle ne décrocha pas.

Elle avait bien dû voir sur son appareil une trace de mon appel, mais elle ne me rappela pas pour autant.

Je recommençai le lendemain sans plus de succès.

Le fait que ça sonne à l'autre bout du fil était bien la preuve qu'elle était rentrée. En effet, quand elle se trouvait à l'étranger, ça ne sonnait pas. Si elle ne prenait aucun de mes appels, c'est vraiment qu'elle ne le voulait à aucun prix. J'en ai conclu qu'il était désormais inutile d'insister.

J'ai tout de même supposé qu'elle ne me détestait pas. Car finalement, ça devait plutôt lui faire plaisir de constater que je l'appelais. Enfin, pourquoi refusait-elle de me répondre ?

Avec le temps, l'envie lui en reviendrait-elle ? Hé non, plus le temps passait, moins elle le souhaiterait.

Or si la situation ne changeait pas, je commencerais à sérieusement déprimer.

Devais-je aller à son atelier de Futakotamagawa ?

Ou alors devais-je me rendre à la maison de Tama Plaza ?

Je pourrais toujours demander conseil à Inokuma.

Même avec de mauvaises nouvelles, ce serait toujours mieux que de rester déprimé.

Comme je commençais à m'inquiéter de la réaction de Yuri à ma visite soudaine, je préférai attendre encore un peu.

Je lui ai envoyé des messages simples, du genre : « Tu es rentrée ? Pas de problèmes ? Moi, ça va très bien » ou bien « Il fait froid avec la saison des pluies ». Mais je n'obtenais aucune réponse.

J'avais l'impression tenace de porter sur ma tête un poids de coton.

Pendant cette période où je ne pouvais pas faire l'amour, ma plante des pieds a pelé. J'ai coupé les bouts de peau avec des ciseaux.

J'éprouvais une telle tendresse pour cette peau que je l'ai gardée au creux de la main et que je l'ai contemplée jusqu'à n'en plus pouvoir.

Je suis allé à plusieurs reprises au centre d'orientation de l'école. J'allais obtenir mon diplôme cette année-là et j'ai commencé bien après les autres un simulacre de recherche d'emploi.

Dômoto avait déjà décroché une promesse d'embauche dans une compagnie, mais il hésitait à l'accepter. De mon côté, j'ai eu deux entretiens, mais on m'a aussitôt évincé.

J'envoyai le message suivant à Yuri : « Quelle qu'en soit la cause, je suis très triste de ne plus pouvoir te voir. Si tu penses un tant soit peu à moi, je te conjure de m'appeler. J'encaisserai ta réponse, quelle qu'elle soit. »

En tripotant mon cellulaire, qui restait muet, je relisais les messages mal écrits, sans véritable ponctuation, que j'avais reçus de Yuri autrefois.

Le soir venu, dans mon lit, je ne savais comment tuer le temps qui me séparait du sommeil.

En juillet, quand flottait en l'air cette attente intermittente du plein été, j'ai enfin reçu un appel de Yuri.

Lorsque mon portable a sonné, j'ai senti mon cœur battre si fort que j'ai pensé un moment qu'il valait mieux l'éteindre. J'ai repris ma respiration et j'ai laissé sonner quatre fois avant de répondre.

« Tu as mis le temps ! ai-je dit de la voix la plus douce possible.

– Je te dérange ? demanda-t-elle sur un ton qui éveilla ma nostalgie.

– Non. Tu vas bien, Yuri ?

– Ça va. Et toi, Isogai ?

– Ça va. J'espère trouver bientôt du travail.

– Bonne chance. »

J'ai acquiescé, sans lâcher le téléphone.

« J'attendais ton appel, je me rongeais les *flancs*, tu sais.

– Tu te rongeais les *sangs*, tu veux dire ! » corrigea-t-elle sèchement.

Elle poursuivit :

« Tu m'as cherchée plusieurs fois, je crois. Excuse-moi de ne pas t'avoir rappelé plus tôt.

– Non, ne t'en fais pas.

– Je suis dans une impasse et je me suis donné du temps pour réfléchir.

– Ah bon ?

– Je pense arrêter la peinture.

– Quoi ?

– Je tourne la page.

– Pourquoi ? Tu devrais continuer.

– À quoi ça sert de continuer quelque chose qui ne fait plus plaisir ?... En tout cas, je ne peindrai plus rien. Je vais tenter d'être positive et ouverte pour chercher un travail. La vie peut encore m'offrir des choses.

– Ce n'est pas faux, mais... »

J'avais un pincement au cœur. Elle pouvait du moins continuer à pratiquer la peinture comme un hobby : pourquoi vouloir tout arrêter ? Je ne savais pas pourquoi, mais je ne voulais absolument pas que Yuri cesse de peindre.

« Voilà où j'en suis. La vie te réserve à vrai dire encore beaucoup, Isogai, tu n'as qu'à envisager l'avenir avec légèreté.

– Tu t'entends bien avec Inokuma ?

– Eh bien, comme avant.

– On ne pourra plus se voir ?

– Je veux bien te voir pour parler... mais comme j'ai besoin d'un peu de réflexion, est-ce que tu pourrais être patient pendant quelque temps ?

– D'accord. »

Après avoir raccroché, j'entendais encore résonner confusément sa voix basse et douce.

Je passais des nuits à feuilleter des albums avec à la main une mini-bouteille de whisky.

J'ai enduit mon sexe de whisky. Ça m'a irrité. Mon sexe s'est rabougri.

C'était comme une nouvelle sensation bizarre que je découvrais : je me suis enduit cette fois-ci délicatement.

Ça me parut complètement idiot.

Au bout de deux semaines, elle m'a rappelé. Elle disait :

« Je n'arrive pas à peindre comme je voudrais. »

« Insister ne me procure que des souffrances. »

« Je pense que l'art existe pour la vie. Et non pas que la vie existe pour l'art. En tout cas, en ce qui me concerne », disait Yuri.

En entendant ces trois phrases, je lui dis :

« Est-ce que je ne peux pas t'aider ? Je viens chez toi et je te prépare un riz aux œufs brouillés. J'éviterai de te raconter des histoires déprimantes. Tu te contenteras de rester près de moi à boire du thé. »

À quoi elle répondit :

« Pour le moment, j'ai besoin de rester seule. »

J'ai compris, à force d'insister, que finalement elle ne cherchait pas réellement mon aide.

Le téléphone n'est que la température.

Les mots ne transmettent rien.

Il n'y a que la température qu'ils transmettent.

J'ai senti que la température de Yuri était basse.

Je me suis rendu compte avec acuité qu'elle n'avait pas besoin de moi.

Alors j'ai cessé de parler avec Yuri.

Je tiens un journal pour mettre un peu d'ordre dans mes émotions et, quand j'écris, je pleure à grosses larmes.

S'il faut choisir entre le plaisir et le déplaisir, c'est plutôt du plaisir que les larmes procurent. Je bats des cils, mais les gouttes forment des taches sur les lettres. Je fais exprès de mettre mon menton sur les lettres que je veux faire baver.

En appuyant fort sur mes yeux, je vois des éclairs.

Si Dieu épiait un homme sur son lit et qu'il le vît s'enivrer de ses propres émotions avec des gestes aussi banals, je voudrais qu'il ne rît pas de lui, car cet homme le ferait avec le plus grand sérieux.

Je me souviens de ce qu'il y a de meilleur en Yuri.

Ses cheveux ébouriffés au matin. Ses doigts joints en forme de tête de renard.

Sa façon de rougir.

Quand elle répète mon nom « Isogai » avec douceur.

Sa nuque.

La caresser par-derrière, en étant allongé, ça me plaisait tant.

Ses cheveux drus et tout noirs. Des cheveux blancs transparents. Des cheveux noirs jusqu'à la moitié. J'effleurai à plusieurs reprises l'endroit où tout cela se mêlait.

Quand je soulevais ses cheveux en les prenant entre les doigts, je distinguais clairement leur naissance. Rien n'était plus touchant.

Ses épaules rondes. Si j'allais de l'épaule droite à l'épaule gauche pour mesurer l'écart en feignant de marcher avec deux doigts, je n'avais que deux pas à faire. Ses épaules sont bien plus menues et étroites que les miennes.

Son ventre un peu potelé que j'enlaçais à vélo.

La peau de son dos pelée par le bronzage, que je touchais quand nous faisions l'amour.

Maintenant je ne sais plus quand l'amour a fini entre nous.

Respirer, me laver les dents, monter l'escalier de la gare, tout me pesait.

L'automne arriva, l'hiver arriva, je ne cessais d'avoir des occasions de me souvenir de Yuri.

Je n'ai pas envie de prononcer des répliques éculées, comme « je me sens seul », « j'aimerais avoir mon amour à mes côtés ». Mais je cherche ma partenaire comme si j'étais assoiffé : n'avoir personne à enlacer me donne la sensation de me trouver au milieu du désert. Il y a comme un trou qui est creusé en moi et qui serait comblé par la présence d'une femme.

Je me dis que je ne serai soulagé qu'en tombant amoureux d'une autre. Je suis jeune et peux prévoir que ça m'arrivera un jour. Mais pour l'instant, je ne suis absolument pas en mesure d'admettre en moi cette faculté d'en aimer une autre.

Je me suis mis autour du cou, avant de sortir, l'écharpe que Yuri m'avait offerte. Je me suis complu dans ce reproche : « Tu m'avais promis de m'offrir une écharpe tricotée par toi. »

Mais, à force de ressasser tout ça, j'ai conclu : « Non, ce n'est pas ça ! » Ce sentiment de solitude ne saurait être conjuré ni par Yuri ni par une autre. Je ne dois pas tenter de l'effacer de force, mais plutôt cohabiter avec lui, en l'étreignant en silence.

Je passerai le restant de mes jours au service de cette solitude et de cette angoisse à les chérir. Je suis prêt à les accompagner ma vie durant.

Le 25 décembre, jour de mon anniversaire, je suis resté au lit, en paressant par dépression. J'ai fini par être lassé de trop traîner et je me suis levé pour me préparer des nouilles instantanées. J'ai mis une tonne de chou par-dessus. J'entendais la radio des voisins qui diffusait une voix sirupeuse chantant *White Christmas*. La nuit tomberait bientôt.

Mon portable vibra. C'était Dômoto.

« Isogai ? »

Quelle question !

« Oui.

– Joyeux Noël !

– Tu n'as rien d'autre à me dire ?

– Tu veux dire ça… ?

– Oui.

– Jésus…

– Mais non ! Il y a quelqu'un de plus important pour toi.

– Bien sûr, toi-même. Alors, tu peux pas aller voir dehors ?

– Quoi ?

– Allez, pas d'histoires ! »

Je suis allé ouvrir la fenêtre de la cuisine qui a grincé. Dômoto et En étaient là, à me faire signe. Devant ma surprise, ils éclatèrent de rire.

J'ai enfilé mon manteau et je suis sorti. Les cheveux d'En, depuis tout ce temps, avaient poussé, ce qui lui donnait un air plus adulte, mais ainsi habillée, dans sa doudoune et son jean, elle était naturelle et affichait sa gaieté habituelle en souriant de ses dents irrégulières.

« Bon anniversaire ! » fit Dômoto, en lançant des cotillons qu'il avait cachés dans sa poche.

J'étais heureux, mais je n'ai pas pu m'empêcher de lâcher :

« Ça va faire des saletés ! »

Dômoto ramassa docilement les bouts de papier dispersés dans la rue.

« Isogai, tu t'es fait des épis dans les cheveux en dormant ! » dit En.

Elle semblait dissimuler dans son dos un paquet de gâteaux, mais ça se voyait. L'idée d'avoir plaqué une fille aussi sympathique me fit éprouver quelque chose qui ressemblait à des regrets, mais enfin, me suis-je dit, c'était la vie.

J'ai retenu Dômoto, qui paraissait avoir l'intention d'entrer chez moi, en prétextant que je n'avais pas fait le ménage et je leur ai proposé de nous rendre dans un grand square voisin, qui avait une pelouse.

Ils s'étaient souciés de mes blessures amoureuses et n'avaient pas hésité à faire le voyage jusqu'au fin fond de Saitama pour fêter mon anniversaire : je décidai de les remercier en les invitant. Je chargeai mon vélo d'une bâche, d'assiettes en carton, de fourchettes en plastique, de quantité de feux d'artifice et de bougies qui me restaient de l'été où j'en avais trop acheté, de trois canettes de bière qui étaient dans mon frigo.

Comme ils étaient arrivés en bus, ils durent marcher à mes côtés, tandis que je poussais lentement mon vélo.

« Isogai, comment se passe ta recherche d'emploi ? me demanda Dômoto sur un ton d'autant plus direct que, lui, il était fixé sur son propre emploi.

– Je m'y mettrai après le jour de l'an, répondis-je en disant ce que je pensais réellement.

– Et toi, En ?

– Moi, mon travail se passe pas trop mal. »

J'ai rangé mon vélo et nous nous sommes dirigés vers un terre-plein recouvert d'un gazon qui commençait à jaunir, dans le square désert.

Nous avons étendu la bâche en la stabilisant avec des chaussures. En sortit le gâteau de la boîte en chantonnant sur un air de triomphe : « Tada ! » Je fis semblant d'être surpris.

« Quatre bougies pour vingt-deux ans ! » expliqua Dômoto, en les allumant, puis en me faisant signe de les souffler.

J'obtempérai. Ils applaudirent.

Comme nous n'avions pas emporté de couteaux, Dômoto s'employa à découper le gâteau avec une fourchette tant bien que mal. C'était moi dont on fêtait l'anniversaire, dit-il, en me donnant la plus grosse part recouverte d'une drôle de figurine en sucre. Elle avait un goût grossier dont je raffolais dans mon enfance, et c'était délicieux.

Puis on s'est déplacés jusqu'au parking et sur le sol en béton on a fixé une bougie avec de la cire fondue.

On a mis de l'eau dans un gros gobelet vide de nouilles instantanées qu'on a trouvé là. Des feux d'artifice en hiver, ce serait donc triste ?

Comme la bougie commençait tout de suite à rapetisser, nous avons rapproché nos cierges merveilleux pour les allumer entre eux. Aussitôt, passant de l'un à l'autre, une flamme verte s'embrasa avec un crépitement.

« Il faut s'arranger pour que le feu ne s'éteigne pas ! » lança Dômoto avec autorité.

On a tenté d'entretenir le feu.

« C'est agréable ! murmura En, en se laissant envelopper dans la fumée.

– Il faudra se retrouver même après la fin des études ! » proposa Dômoto.

J'ai essayé de me remémorer les traits de Yuri. Sans doute ne connaîtrai-je pas son visage quand elle sera devenue une vieille femme. Mais son sourire, le jour de notre dernière rencontre, me restera à jamais.

Je répondis au bout d'un moment :

« On ne peut pas dire que tout est fini, simplement parce qu'on ne se voit plus. »

Le feu des cierges changea capricieusement de couleur et en enflamma un autre.

Le Seuil s'engage pour la protection de l'environnement

Ce livre a été imprimé chez un imprimeur labellisé Imprim'Vert, marque créée en partenariat avec l'Agence de l'Eau, l'ADEME (Agence de l'Environnement et de la Maîtrise de l'Énergie) et l'UNIC (Union Nationale de l'Imprimerie et de la Communication).
La marque Imprim'Vert apporte trois garanties essentielles :
- la suppression totale de l'utilisation de produits toxiques ;
- la sécurisation des stockages de produits et de déchets dangereux ;
- la collecte et le traitement des produits dangereux.

RÉALISATION : PAO ÉDITIONS DU SEUIL
IMPRESSION : NORMANDIE ROTO IMPRESSION S.A.S. À LONRAI
DÉPÔT LÉGAL : MAI 2010. N° 100471 (101652)
Imprimé en France